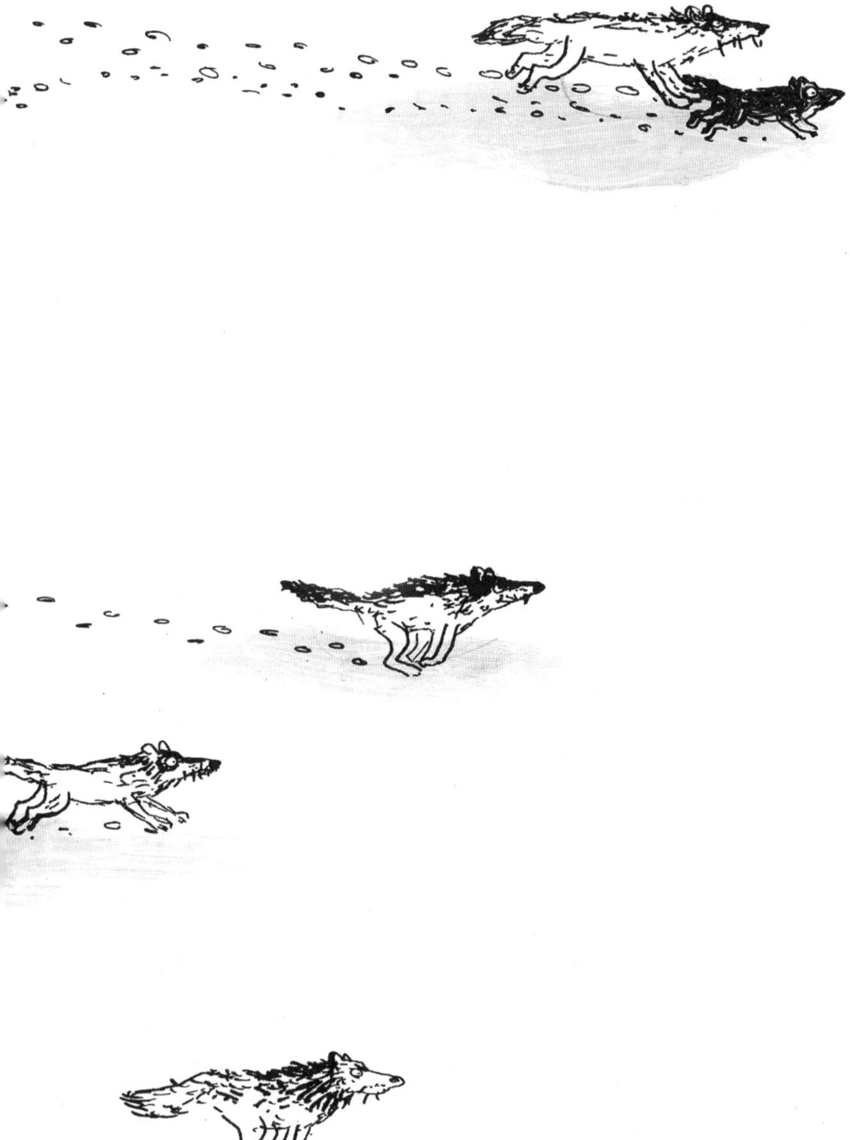

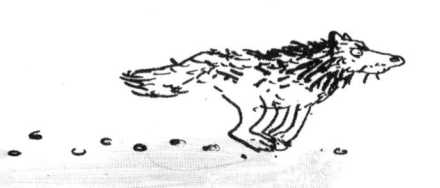

DEIN CODEWORT

SxV3Rudel8yT5

Weitere Abenteuer auf:
www.thienemann.de/CodewortRisiko

Gib deinen persönlichen Geheimcode ein
und erlebe die spannende Welt von
Codewort Risiko!

CODEWORT RISIKO

Astrid Frank

Allein
unter Wölfen

Mit Bildern von Katja Gehrmann

Thienemann

Inhaltsverzeichnis

Der Auftrag	7
Familienbande	16
Zu schnell gefahren	26
Irgendwo im Nirgendwo	34
Schauermärchen	40
Revier-Markierung	48
Durch die Lappen gegangen	58
Ein Messer im Einsatz	66
Das Zeichen zur Jagd	75
Ende eines Albtraums	83

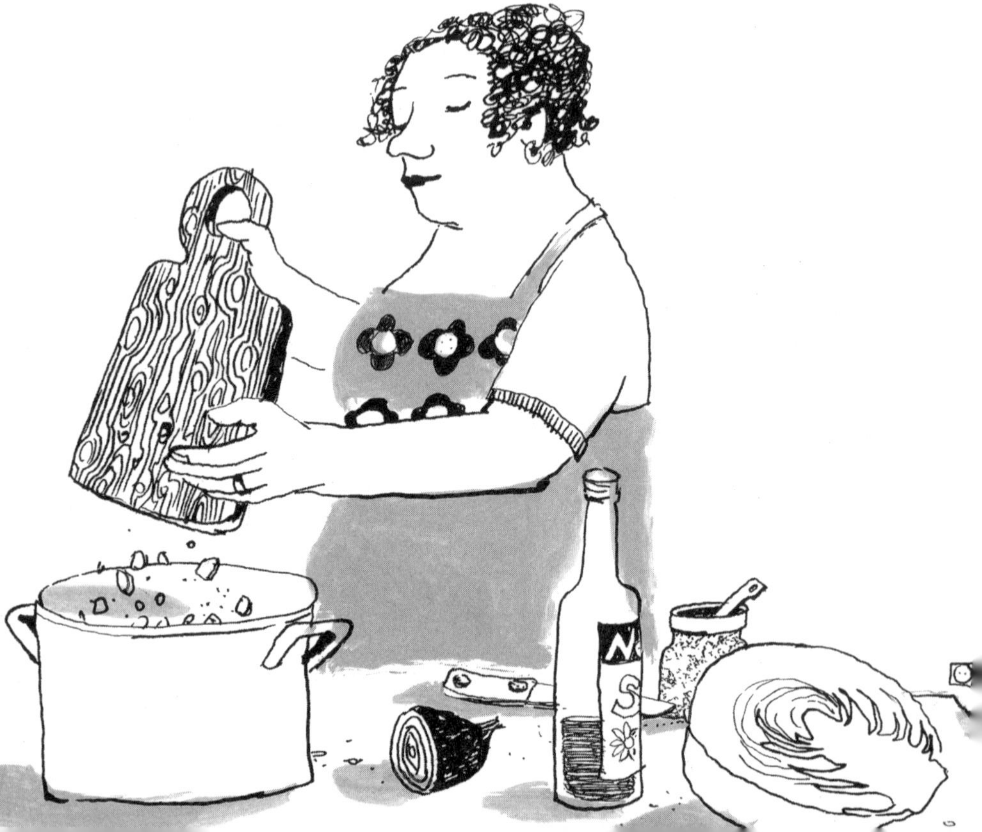

Der Auftrag

Mike warf Karol aus zusammengekniffenen Augen böse Blicke zu.

Klack, klack, klack.

Das Geräusch war rhythmisch. Und unangenehm. Vor allem, weil es das einzige Geräusch im Raum war – wenn man mal von dem Topfklappern absah, das Tante Zofia bei der Zubereitung ihres berühmten polnischen Krauttopfs, dem Bigos, am Herd produzierte. Kein angeregtes Plaudern, kein Lachen erfüllte die Wohnküche. Nur dieses Klacken des auf- und zuschnappenden Taschenmessers in Karols Händen. Ansonsten herrschte eisiges Schweigen. Als wäre es im Haus so kalt wie draußen. Minus elf Grad.

Klack, klack, klack.

Je nachdem, wie Karol das Messer hielt, fiel der grelle Schein der Küchenlampe auf das glänzende Metall, wurde von ihm widergespiegelt und traf Mikes Augen hinter den Brillengläsern, sodass er sie schließen oder weggucken musste.

Auf Karols Gesicht machte sich ein gehässiges Grinsen breit, sobald Mike den Kopf abwandte, um dem störenden Blitzen zu entgehen.

Klack, klack, klack.

Mike konnte in Karols Gesicht lesen wie in einem offenen Buch: Schwächling, stand dort. Mickriger Bücherwurm.

Mike wünschte sich, Karol könnte ebenfalls so in seinem Gesicht lesen, wie er in dem seines ein Jahr älteren Cousins. Dann würde er sehen, was Mike von ihm nielt: Angeber, dummer Bauernjunge. Aber Karol schien überhaupt nicht lesen zu können.

Mike seufzte und dachte an seine Mutter, die jetzt allein in einem Krankenhaus in Deutschland lag, um sich die Gallenblase entfernen zu lassen, während er die Weihnachtsferien bei seinem Onkel und seiner Tante in Polen verbrachte. Über eintausend Kilometer von zu Hause entfernt. Ob sich seine Mutter ebenso sehr nach ihm sehnte, wie er sich nach ihr?

In diesem Augenblick wurden seine Gedanken von einem lauten Poltern unterbrochen.

Onkel Marek öffnete die Küchentür. Der große Mann musste sich bücken, um unter dem Türsturz durchzupassen. Er klopfte sich kraftvoll den Schnee von der Winterjacke und stampfte mit seinen dicken Stiefeln auf, bis sich auf dem Linoleumboden unter seinen Sohlen eine große Pfütze ausbreitete. Dann riss er sich die Mütze vom Kopf, warf sie auf die gestreifte Tischdecke aus Wachstuch und rieb sich die Hände, die rot vor Kälte waren.

»Bei dem Wetter schickt man besser keinen Hund vor die Tür«, brummte er missmutig und ließ sich auf die Küchenbank fallen, die daraufhin bedenklich knackte, als würde sie der Belastung nicht standhalten.

»Du musst aber noch das bestellte Huhn zu Kowalskis bringen, bevor wir essen«, antwortete Tante Zofia vom Herd aus, ohne sich zu ihrem Mann umzudrehen.

»Ich?« Onkel Marek schüttelte energisch den Kopf. »Oh nein, ich war jetzt lange genug draußen. Das kann der Junge machen.«

»Was? Ich denke, bei dem Wetter schickt man nicht einmal einen Hund vor die Tür?«, beschwerte sich Karol lautstark.

»Es wird doch schon dunkel«, mahnte

auch Tante Zofia und drehte sich nun doch um. »Und da willst du den Jungen losschicken?«

»Er ist schließlich kein Baby mehr«, antwortete Onkel Marek. »Nimm das Schneemobil«, sagte er zu seinem Sohn, »dann bist du schnell wieder da.« Seine Stimme duldete keinen Widerspruch.

Karol grunzte missmutig und steckte sein Taschenmesser in die Hosentasche, bevor er aufstand.

»Und nimm Mike mit!«, rief Onkel Marek ihm hinterher, bevor Karol aus der Tür verschwinden konnte.

Jetzt öffnete Karol doch den Mund für Widerworte, aber im

letzten Augenblick überlegte er es sich offenbar anders und starrte Mike nur finster an.

INFO
Polen ist eines der neun Nachbarländer Deutschlands. Es grenzt im Westen an die Bundesrepublik und erstreckt sich über eine Fläche von 312.678 km². Das entspricht ungefähr 44.000 Fußballfeldern! Bigos, ein leckerer Eintopf aus Fleisch, Speck, Sauerkraut und Pilzen, ist eines der Nationalgerichte von Polen.

Löse das Bilderrätsel.
Findest du das Lösungswort? Die durchgestrichenen Buchstaben darfst du nicht verwenden.

~~aum~~   P lz

ans   ~~T~~ pf   ~~chat~~

RÄTSEL ?

Familienbande

Mike folgte Karol nach draußen. Er meinte, sein Atem würde augenblicklich gefrieren, als er hinter seinem Cousin her über den Hof zum abgestellten Schneemobil ging.

Karol lief schnell und drehte sich nicht einmal zu ihm um. Fast so, als versuchte er, ihn abzuhängen. Und das wollte er vermutlich auch.

Mike konnte kaum glauben, dass er mit diesem Angeber verwandt sein sollte. Und dass Karol der Sohn seines Onkels Marek war. Wie konnten zwei, die aus einer Familie stammten, nur so unterschiedlich sein?

Andererseits wäre es vielleicht gar nicht schlecht, ein bisschen mehr so zu sein wie Karol, dachte Mike, während er sich die stinkende alte Decke, die Karol ihm reichte, eng um die Beine schlug. Das tote Huhn, das in altes Zeitungspapier eingewickelt war, hielt er auf dem Schoß. Wenn er ebenso geschickt wie der Cousin sein Taschenmesser mit einer Hand auf- und wieder zuschnappen lassen könnte, würden die anderen Jungen in der Klasse bestimmt mehr Achtung vor ihm haben. Oder wenn er so vernichtend wie Karol gucken könnte. Und keine Brille tragen würde. Und Muskeln hätte wie er. Dann müsste er vermutlich nicht immer bis zum Schluss warten, bis ihn jemand im Sportunterricht in seine Mannschaft wählte. Und er dürfte vielleicht sogar bei dem geplanten Fußballturnier mitmachen. Ja, das wäre was! Er sah sich in Gedanken bereits auf das gegnerische Tor zulaufen, den Ball wie festgetackert an seinem begnadeten rechten Fuß. Die begeisterten Jubelrufe seiner Klassenkameraden im Ohr, legte er sich den Ball vor dem Sechzehnmeterraum zurecht wie Miroslav Klose. Und dann ... *wumm!*

Das Schneemobil machte einen Satz nach vorn, als Karol anfuhr. Mike klammerte sich mit einer Hand an der Sitzbank fest, um nicht runterzufallen.

In der hereinbrechenden Dämmerung rauschten sie nun auf den Wald zu, der unmittelbar hinter dem alten Gutshof begann. Im Sommer lockten die grünen Wiesen, die rauschenden Flüsse und die stillen Seen einige Touristen an. Doch jetzt war kein Sommer. Jetzt herrschte eisiger Winter. Minus elf Grad hatte das Thermometer angezeigt.

Mike kniff die Augen zusammen und starrte auf Karols Rücken, der vor ihm saß und das Schneemobil lenkte. Der Motor dröhnte. Der eiskalte Fahrtwind brannte wie Feuer auf seiner Haut. Als würde jemand mit kleinen Stecknadeln nach ihm schmeißen, die in seinem Gesicht stecken blieben.

Trotz der Kälte genoss Mike die Geschwindigkeit, mit der sich das Schneemobil seinen Weg durch den Wald bahnte. Es war fast wie Achterbahn fahren.

Karol drehte den Gashahn voll auf.

Das Schneemobil machte einen Satz über einen Hügel hinweg und Mike hatte das Gefühl zu fliegen. Er hätte gerne selbst mal das Steuer übernommen. Aber Karol hatte ihm bereits bei ihrem ersten Ausflug mit dem Gefährt klargemacht, dass es dazu nicht kommen würde. »Das ist nur was für echte Männer«, hatte er gesagt. »Das kannst du nicht.«

Wieder stieg Wut in Mike hoch, als er sich an Karols hochmütigen Gesichtsausdruck erinnerte. Hier, im Nirgendwo, inmitten von Schneebergen kam sich Karol vielleicht toll vor. Dabei hatte er keine Ahnung von der Welt.

Wie sollte er auch? Der nächste größere Ort war zwar nur 15 Kilometer entfernt, doch brauchte man für diese Strecke fast eine Stunde, weil es nicht einmal eine Straße gab, die auf direktem Wege dorthin führte. Verglichen mit den anderen Bauerntrampeln war Karol vielleicht ein toller Kerl. Aber was sagte das schon aus?

Mike wünschte sich, dass Karol ihn einmal in Deutschland besuchte. Dann würde er ihm schon zeigen, wovon er alles keine Ahnung hatte: von Computerspielen, Kinos, Freizeitparks ...

Allerdings würde Karol dann auch merken, dass Mike keine echten Freunde hatte. Dass er ein Außenseiter war. Und dieser Gedanke gefiel Mike ganz und gar nicht. Er war mindestens ebenso düster wie der Wald um ihn herum, dessen Baumwipfel unheimlich und bedrohlich in den Nachthimmel aufragten.

INFO
Polen hat über 38 Millionen Einwohner. Die Hauptstadt des Landes ist Warschau.
Fußball ist eine wichtige Nationalsportart in Polen. Einer der besten polnischen Fußballer aller Zeiten war Kazimierz Deyna, dessen spektakuläre Kopfballtore ihm den Beinamen »Widder« einbrachten. Aber auch Miroslav Klose und Lukas Podolski wurden in Polen geboren. Berühmt für seine sportlichen Leistungen ist auch Meisterboxer Dariusz Michalczewski – ebenfalls gebürtiger Pole.

Von Weitem sieht man nur die dunklen Umrisse des Schneemobils. Welches Schattenbild passt zum Bild?

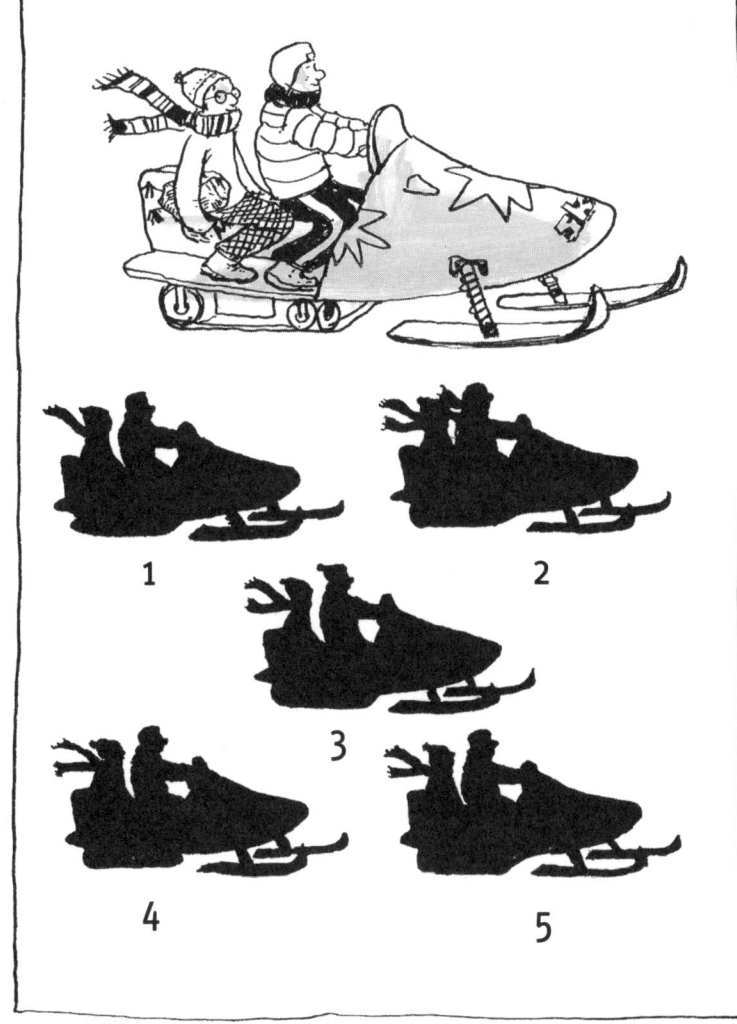

1

2

3

4

5

RÄTSEL

Zu schnell gefahren

Der Motor des Schneemobils heulte laut auf. Mike umklammerte mit einer Hand das Huhn auf seinem Schoß und mit der anderen seine Brille, die zu verrutschen drohte. Beinahe wäre er vom Fahrzeug heruntergefallen, als Karol plötzlich eine scharfe Linkskurve machte, um einem Baumstamm auszuweichen.

Konnte es sein, dass Karol besonders schnell fuhr, um ihm irgendetwas zu beweisen?

Mike hatte die Frage noch nicht ganz zu Ende gedacht, als das Schneemobil so schlagartig abbremste, dass er nach vorne rutschte und gegen Karols Rücken prallte, der vor ihm saß. Das Huhn landete im Schnee.

»Psia kość«, fluchte Karol.

Mike unterdrückte ein Grinsen. »Psia kość« hieß »Hundeknochen«. Dieses Schimpfwort stammte von seiner und Karols gemeinsamer Großmutter, die auch immer geflucht hatte, wenn ihr etwas misslang. Für eine Sekunde fühlte sich Mike seinem Cousin verbunden, der mit wachsender Verzweiflung versuchte, den abgewürgten Motor des Fahrzeugs erneut zu starten. Doch die Maschine gab lediglich einige ungesund klingende Geräusche von sich.

»Hundeknochen!«, fluchte Karol wieder und versuchte es noch einmal. Diesmal blieb der Motor ganz still.

Mike lauschte in die hereinbrechende Dunkelheit. Das Grinsen war ihm mittlerweile vergangen. Denn außer dem Rufen eines einsamen Vogels war nichts zu hören. Die Stille um sie herum hatte etwas Beunruhigendes an sich. Als wäre die ganze Welt in Watte gepackt.

Mike rieb sich die schmerzende Stirn, während er von der Sitzbank des Skidoos kletterte. Er bückte sich, um das Huhn vom Boden aufzuheben.

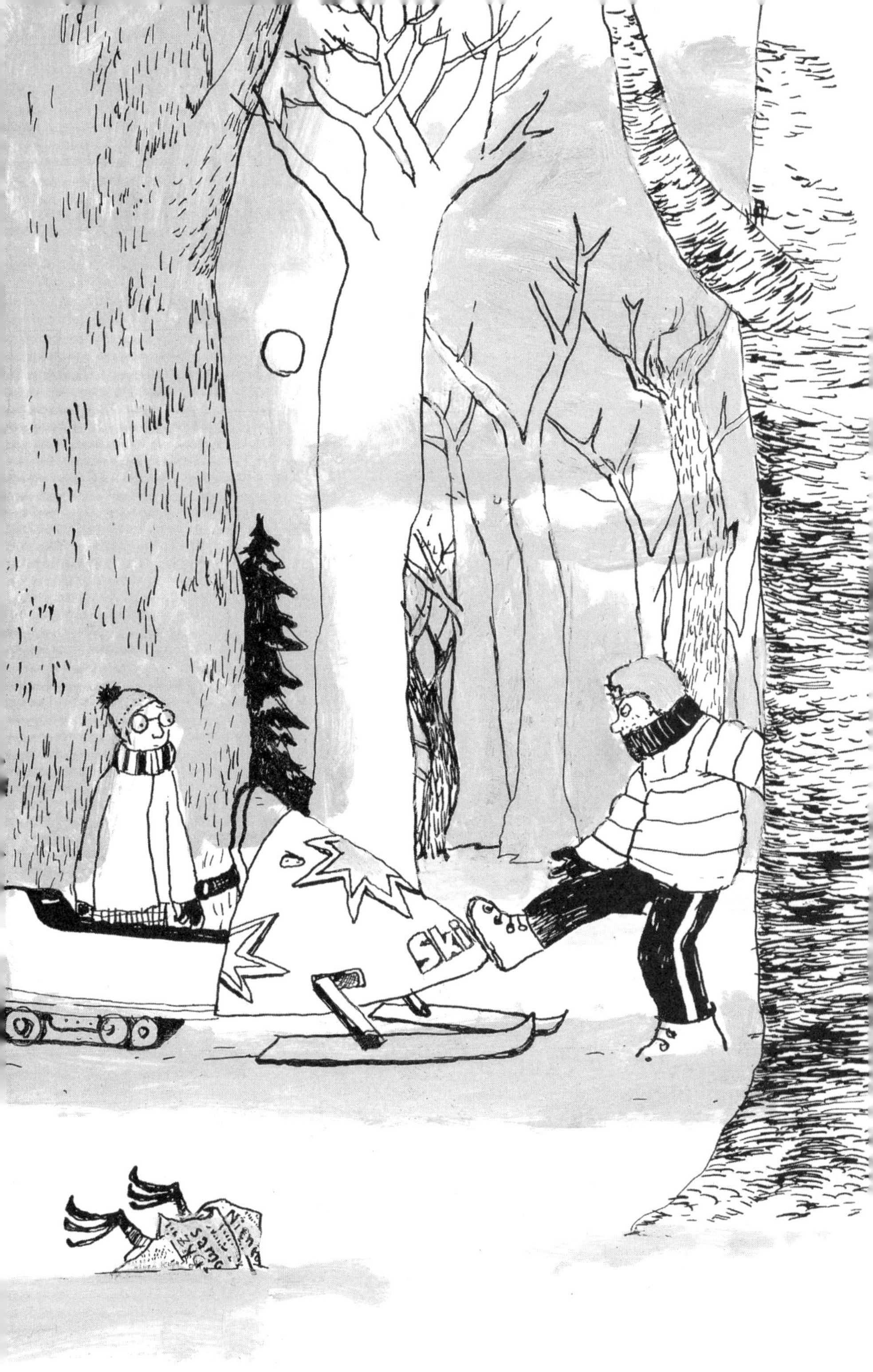
Ski

»Hundeknochen!«, fluchte Karol zum dritten Mal und trat gegen das Schneemobil.

Aber das änderte seine Meinung deswegen nicht. Es blieb stumm.

Mike sah sich in der Dunkelheit um. Außer Bäumen und jeder Menge Schnee konnte er nichts erkennen.

»Und was machen wir jetzt?«, fragte er leise.

Karol zuckte die Schultern und blickte sich ebenfalls um, als hoffte er, von irgendwo Hilfe nahen zu sehen.

»Wir müssen warten«, erklärte er nach einer Weile.

»Warten?«, fragte Mike, dem die Kälte bereits die Hosenbeine hinaufkroch. »Warten worauf?«

Doch Karol antwortete nicht. Stattdessen lief er gebückt hin und her und suchte im Schnee nach abgebrochenen Ästen.

»Hilf mir lieber, statt dumm rumzustehen«, sagte er zu Mike, der wie gelähmt neben dem Schneemobil verharrte und seinem Cousin zusah. »Wir müssen ein Feuer machen, sonst erfrieren wir.«

»Erfrieren?« Mikes Stimme klang ganz dünn. Er spürte, wie die Kälte von ihm Besitz ergriff und ihn lähmte.

INFO

INFO
Das erste Schneemobil wurde 1922 von dem kanadischen Erfinder Joseph-Armand Bombardier im Alter von 15 Jahren gebaut. Er nannte es »Skidog« (»Ski-Hund«), woraus sich später die Bezeichnung »Skidoo« entwickelte. Als Bombardiers Sohn starb, weil er in den Wintermonaten nicht ins Krankenhaus transportiert werden konnte, experimentierte er weiter an Fahrzeugen, die auf Schnee fahren können, und ließ sich seine Erfindung 1936 sogar patentieren.

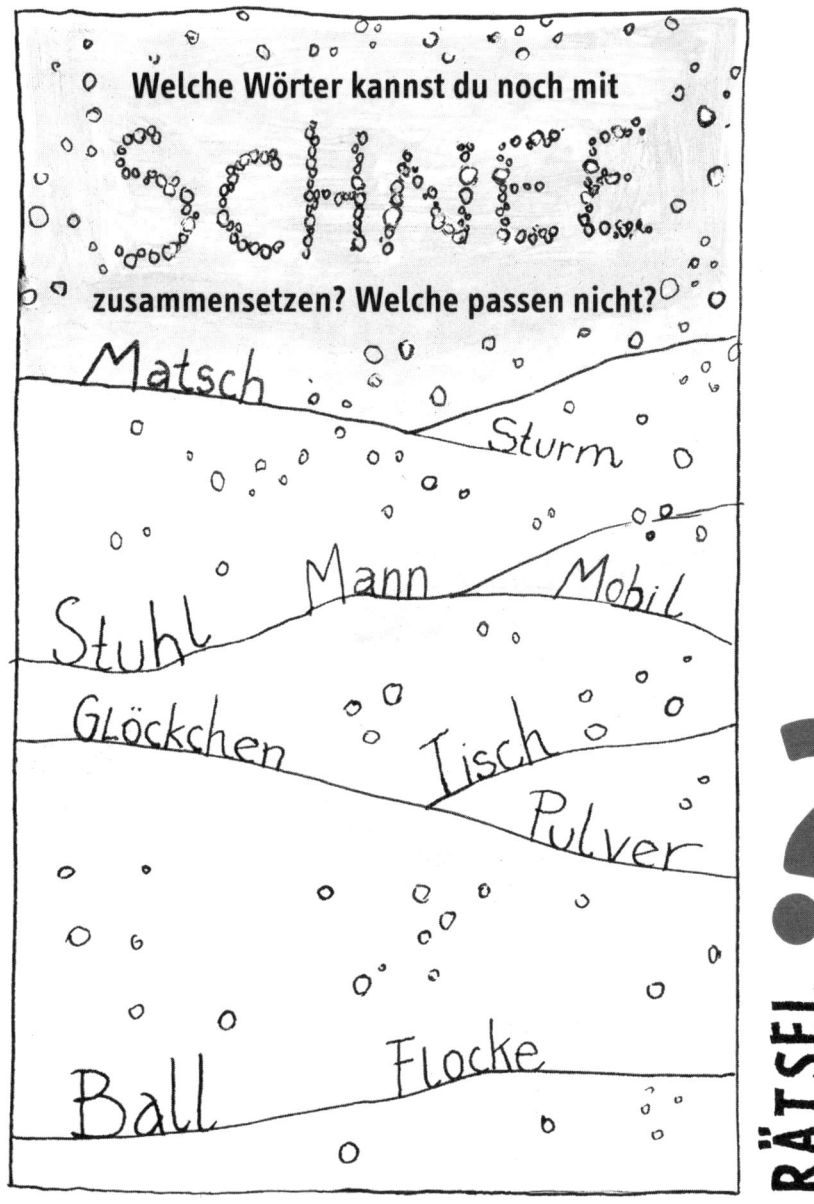

Welche Wörter kannst du noch mit SCHNEE zusammensetzen? Welche passen nicht?

Matsch

Sturm

Mann

Mobil

Stuhl

Glöckchen

Tisch

Pulver

Ball

Flocke

RÄTSEL?

Irgendwo im Nirgendwo

Karol trug nicht nur stets ein Taschenmesser mit sich herum, er besaß darüber hinaus ein eigenes Sturmfeuerzeug, wie Mike feststellte, als Karol die Äste anzündete.

Das Feuer qualmte, denn das Holz war feucht. Mike rieb sich die Hände über der Flamme und wickelte sich seine Decke fester um die Beine. Die Decke stank erbärmlich nach einer Mischung aus Mottenkugeln, Schweiß und altem Käse. Aber wenigstens würde sie dafür sorgen, dass er nicht so schnell erfror.

Jetzt schon konnte er seine Finger kaum noch spüren.

Karol blickte grimmig in die Flammen. Er schien keine Lust zu haben, sich mit Mike zu unterhalten, während sie darauf warteten, dass jemand sie vermisste und nach ihnen suchte.

Mike horchte in sich hinein. Aber auch ihm fiel kein einziges Thema ein, zu dem er gerne Karols Meinung erfahren hätte. Also tat er es seinem Cousin gleich und starrte ebenfalls in die Flammen.

Hin und wieder knackte hinter ihnen etwas. Und nicht nur Mike zuckte bei jedem Geräusch zusammen. Es war ein unheimliches Gefühl, hier mitten im Nirgendwo zu sitzen. Kilometerweit vom nächsten Haus entfernt. Was würde geschehen, wenn ein schlecht gelauntes Wildschwein vorbeikam?

Ein unheimliches Geräusch ließ Mike aufhorchen. Er lauschte dem Laut, der weit entfernt und zugleich ganz nah klang. Auf unheimliche Weise melodisch. So etwas hatte er noch nie gehört. Einen Augenblick lang klang es wie eine Sirene, im nächsten wie das Winseln eines Hundes, dann wieder, als würde ein Mann ein lang gezogenes Stöhnen ausstoßen.

Karol schien ebenfalls etwas gehört zu

haben und Mike bemerkte, dass sein Cousin beunruhigt aussah. Beunruhigt war eigentlich nicht das richtige Wort, überlegte Mike. Karol sah aus, als hätte er Angst. Als hätte er die Hosen gestrichen voll! Von seinem sonst so selbstsicheren Gesichtsausdruck war nichts mehr übrig. Sein Gesicht war verzerrt vor ... ja, überlegte Mike, vor Panik.

INFO
Für ein Lagerfeuer braucht man möglichst trockenes Holz. Aber auch mit feuchtem oder frischem Holz lässt sich Feuer machen, indem man die Äste von der Rinde befreit und mehrmals mit einem Messer einkerbt. Nach jedem Schnitt wird das Holz gedreht, bis es sich auffächert. Dadurch wird die Angriffsfläche für das Feuer vergrößert. Außerdem eignet sich Birkenrinde, die ölhaltig ist, zum Anzünden eines Feuers mit nassem Holz. Niemals jedoch darf man Benzin oder Ähnliches verwenden, das sich explosionsartig entzünden kann!

Welche Dinge braucht man nicht, um ein Lagerfeuer zu machen? Entschlüssle die Wörter. Tipp: B = A, C = B usw.

RÄTSEL?

Schauermärchen

»Was ist das?«, fragte Mike, während das unheimliche Heulen weiterging.

»Wölfe.« Karol hatte so leise gesprochen, dass Mike ihn zunächst nicht verstand.

»Wölfe?«

Karol nickte stumm. Er war in den letzten Minuten ziemlich blass geworden, fand Mike. Aber vielleicht lag das ja auch nur an der Kälte?

»Cool«, entfuhr es Mike. Augenblicklich erinnerte er sich an all die Wolfsbücher, die zu Hause in seinem Regal standen. *Wolfsblut* von Jack London und *Ein Sommer mit Wölfen* von Farley Mowat gehörten zu seinen Lieblingsbüchern.

»Cool?« Karol schüttelte fassungslos den Kopf. »Du hast ja keine Ahnung! Wölfe sind Monster, Bestien! Erst letztens hat mir Ludwik erzählt, wie es war, als die Wölfe in sein Dorf eingefallen sind und die Babys aus ihren Betten gestohlen haben!«

Mike schüttelte sich bei der Vorstellung. Trotzdem fragte

er seinen Cousin: »Wer ist denn Ludwik?«

Karol machte eine wegwerfende Handbewegung. »Ein alter Freund von meinem Vater. Aber es ist auch egal, wer er ist. Wir alle hier wissen, wie gefährlich die Wölfe sind.«

»Und es sind wirklich Wölfe ins Dorf gekommen und haben die Babys geklaut?« Mike konnte kaum glauben, was er da hörte.

Karol nickte ernst. »Ludwik war damals selbst noch ein Baby. Ihn haben die Wölfe verschont.«

Mike zog zweifelnd die Augenbrauen hoch. War das eine wahre Geschichte? Oder eines dieser Schauermärchen, die vom Großvater über den Vater zum Sohn weitergereicht und bei jeder neuen Erzählung noch ein bisschen gruseliger werden?

Das Heulen klang jetzt noch lauter. Waren die Wölfe näher gekommen?

Mike spürte eine ausgewachsene Gänsehaut auf seinem Rücken, die er nicht nur auf die Kälte zurückführte. In seinen Büchern waren Wölfe immer geheimnisvolle, missverstandene Wesen, die zu Unrecht gejagt und getötet wurden. Aber es waren nur Bücher. Und er las sie abends im warmen Bett, mit einer Tüte Gummibärchen neben sich und seiner Mutter im Zimmer nebenan. Auf jeden Fall war es etwas ganz anderes, wenn man in der Sicherheit einer Dreizimmerwohnung im sechsten Stock eines Hochhauses in einem Buch las: *Die Wölfe kamen näher und näher. Er konnte bereits ihren Atem hören.* Oder ob man bei minus elf Grad in einem eingeschneiten Wald mitten im Nirgendwo saß und die Wölfe hinter sich atmen hörte.

Was, wenn Karol recht hatte? Wenn die Wölfe so ausgehungert waren, dass sie auch vor Menschen nicht haltmachten? Zumindest wusste Mike, dass ihre angeborene Scheu vor Menschen in der Nacht nachließ und dass sich Wölfe im Schutz der Dunkelheit tatsächlich ab und zu in die Wohngebiete der Menschen vorwagten. Und jetzt war es dunkel!

Mike drehte sich um und starrte angestrengt in die Schatten hinter seinem Rücken. Waren da wirklich nur Büsche?

Oder leuchtete ihm dort bereits ein Paar Augen entgegen?

Wieder erklang das merkwürdige vielstimmige Heulen. Und diesmal hörte es sich so an, als wäre es direkt hinter ihm.

INFO

INFO
Wölfe heulen aus verschiedenen Gründen: zum Beispiel, um anzuzeigen, wo sie sind, oder um einen Partner anzulocken. Aber auch um das Gemeinschaftsgefühl zu stärken, bevor sie zur Jagd losziehen. Oder um Wild aufzuschrecken und aus seinem Versteck zu locken. Sie heulen, um die Anwesenheit eines Eindringlings anzuzeigen oder bei Stress. Obwohl sie die Urväter unserer Haushunde sind, bellen sie im Vergleich zu Hunden deutlich seltener und weniger ausgeprägt.

**Wie viele Wölfe sind es?
Schau genau!**

RÄTSEL ?

Revier-Markierung

Mit einem Satz sprang Mike auf. Die Decke fiel zu Boden und er zog sich die Hose bis auf die Knie herunter.

Obwohl er geglaubt hatte, ihm könne gar nicht mehr kälter werden, spürte er die eisige Luft wie Nadelstiche auf seiner nackten Haut an den Oberschenkeln und am Po.

Karol schaute ihm ungläubig zu. »Was machst du da?«, fragte er. »Spinnst du jetzt völlig?«

Mike starrte konzentriert auf seinen Urinstrahl, mit dem er einen Kreis um sich, Karol und das Feuer zu ziehen versuchte. Der Urin war warm genug, um den Schnee zum Schmelzen zu bringen. Mike konnte deutlich sehen, wohin er gepinkelt hatte.

Er schüttelte die letzten Tropfen ab, zog sich die Hose wieder hoch und setzte sich zurück ans Feuer.

Karol starrte ihn fassungslos mit offenem Mund an.

»Das habe ich mal in einem Buch gelesen«, erklärte Mike. »Wölfe markieren ihr Revier durch Urin. Und sie erkennen die Reviere anderer an. Vielleicht respektieren sie auch unser Revier.«

Karols Mund stand immer noch offen.

Bauerntrampel, dachte Mike.

Langsam blickte Karol sich um. Er folgte mit den Augen der Spur, die Mikes Urin im Schnee hinterlassen hatte. Der Kreis war nicht ganz geschlossen, genau hinter seinem Rücken fehlte ein Stück. Mikes Urin hatte nicht gereicht.

Mike konnte sehen, wie Karol überlegte. Dann schüttelte sein Cousin plötzlich den Kopf und zog die Decke fester um seine Beine, als könnte sie ihn irgendwie schützen – nie und nimmer würde er sich die Blöße geben, hier vor dem Verwandten aus Deutschland in den Schnee zu pissen. Lieber sollten ihn die Wölfe holen!

Mike hörte das neue Geräusch als Erster. Es klang, als wäre jemand außer Atem. Dann erst wurde ihm klar, was er da hörte!

Sein Körper vollführte die Bewegung ohne die Zustimmung seines Kopfes. Er wollte sich nicht umdrehen. Er wollte gar nicht wissen, was dort hinter ihm war. Und doch wendete er langsam den Kopf und starrte angestrengt in die Dunkelheit hinter seinem Rücken.

Der Schein des Feuers spiegelte sich in den Augen des Tieres wider, das aus einem Gebüsch hervorsah und ihn selbstbewusst anblickte. Seine Zunge hing aus seinem Maul. Es hechelte. Das war das Geräusch! Ein hechelnder Wolf!

Dann hörte Mike ein leises Wimmern und blickte zurück auf Karol, der die Beine dicht an seinen Körper gezogen hatte, sein Gesicht in den Händen verbarg und diesen merkwürdigen Laut produzierte. Sein ganzer Körper schien zu vibrieren. Karol zitterte vor Angst!

Mikes Herz raste. Wenn das stimmte, was in seinen Büchern stand, dann hätten sich die Wölfe gar nicht so nah an sie herangetraut. Dann hätten sie so schnell wie möglich das Weite gesucht, nachdem sie die Witterung der beiden Menschen wahrgenommen hatten.

Vielleicht stimmt ja auch der Rest nicht?, dachte Mike. Vielleicht stimmte stattdessen die Geschichte, die Karol ihm erzählt hatte. Die Geschichte von

Wölfen, die Babys aus
ihren Wiegen stahlen.

Hatte der Geruch des toten Huhns die Wölfe angelockt? Würden sie ihn und Karol verschonen, wenn er ihnen das Huhn zuwarf? Oder gerieten sie dann erst recht in einen Blutrausch?

Mike erinnerte sich, dass Wölfe in eine Art Zeitschleife geraten konnten. Dann hörten sie nicht auf zu töten, ehe jedes Tier im Umkreis erlegt war. Als hätte sich ihr Programm aufgehängt: erst töten, dann fressen. Also war die Idee mit dem Huhn vielleicht doch nicht so gut?

Es war nur ein leises Rascheln, als sich der Wolf plötzlich erhob und langsam, schleichend, hin und her lief wie ein Tier im Zoo. Als wartete er auf den Tierpfleger, der ihm sein Fressen bringt.

INFO
Wild lebende Wölfe leben in der Regel in Familienverbänden. Ein Wolfsrudel besteht meist aus den Elterntieren mit ihren Jungen. Werden die Jungen mit etwa zwei Jahren geschlechtsreif, so wandern sie ab und gründen ihr eigenes Rudel. Wölfe leben in festen Revieren, die sie gegen andere verteidigen. Die Reviergröße ist abhängig von der Anzahl der Beutetiere. Zur Abgrenzung ihres Reviers benutzen Wölfe vor allem Harnmarkierungen, die von fremden Wölfen wahrgenommen und respektiert werden.

Wie kommt der Wolf zu Mike und Karol?

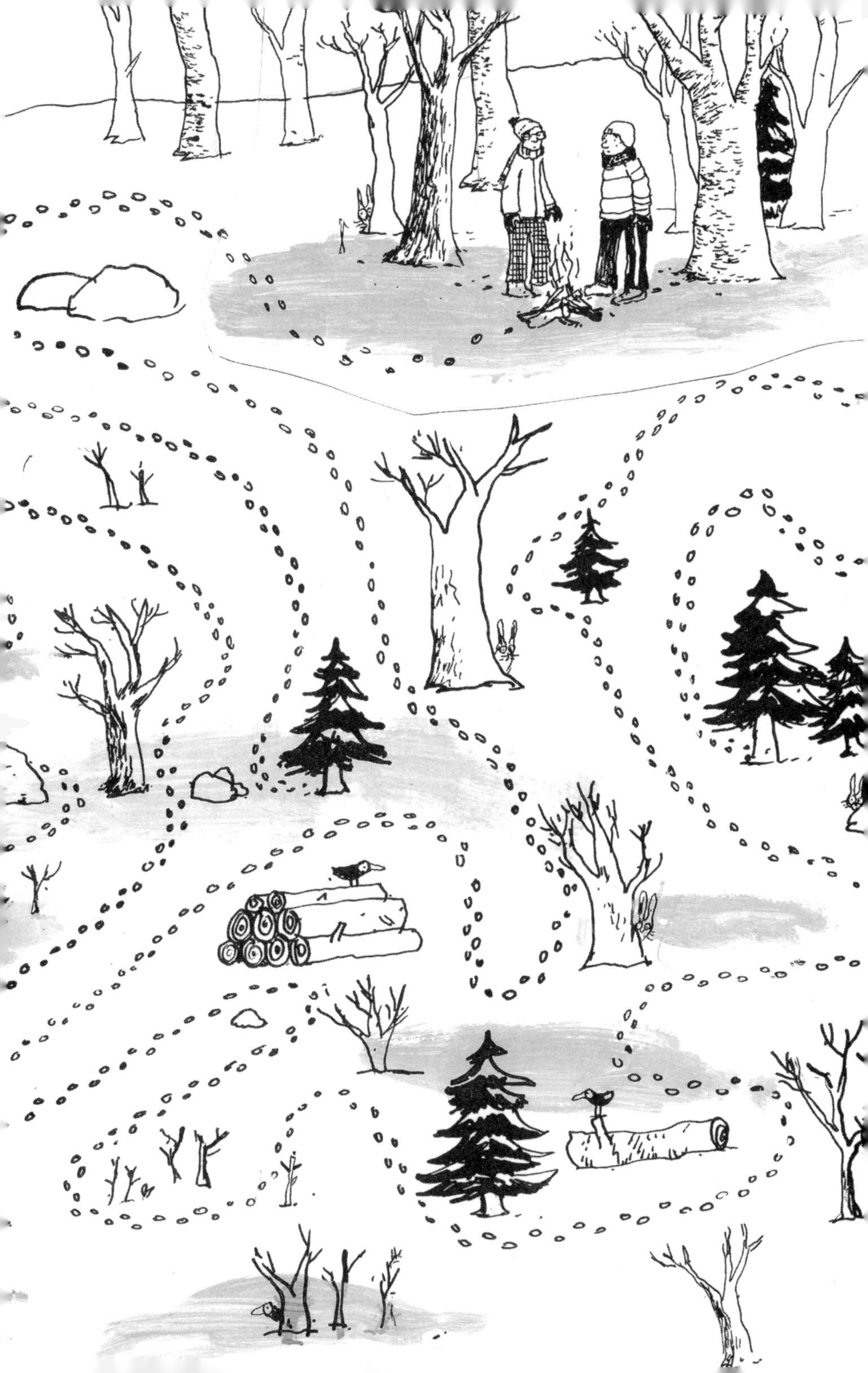

Durch die Lappen gegangen

Plötzlich war er nicht mehr allein. Ein zweiter Wolf stand mit einem Mal neben dem ersten. Unruhig liefen die beiden Tiere hin und her.

Karol sprang so heftig auf, dass er beinahe über die heruntergerutschte Decke stolperte, die sich wie ein Fallstrick um seine Füße wand. Er zerrte hastig am Reißverschluss seiner Hose und die ersten Tropfen benässten seine Hosenbeine. Die Linie, die er mit seinem Urin zog, sah aus wie die Zickzacklinie, mit der Mikes Mutter seine Jacke genäht hatte.

Komisch, dass mir das jetzt wieder einfällt, überlegte Mike. Nach der Schule hatten die Jungen aus seiner Klasse ihm aufgelauert, um ihn zu verprügeln. Mike war schnell auf einen Baum geklettert und hatte sich dadurch in Sicherheit gebracht. Doch war er mit dem Ärmel an einem Ast hängen geblieben und hatte dabei ein Loch in die Jacke gerissen.

Jetzt sah Mike sich um: Vielleicht konnten sie sich auch vor den Wölfen in Sicherheit bringen, indem sie auf einen der Bäume kletterten?

Doch die Bäume hier waren anders als die bei ihm zu Hause. Die Stämme waren sehr hoch und sehr glatt. Vollkommen aussichtslos, dort hinaufzukommen. Die ersten Äste wuchsen erst in mehr als zwei Metern Höhe! Und sie machten kaum den Eindruck, als wären sie stabil genug, einen zehnjährigen Jungen zu tragen.

Karol stieß immer noch dieses merkwürdige Wimmern aus. Fast tat er Mike ein wenig leid. Sein Cousin kämpfte mit den Tränen. Von seiner coolen Überlegenheit war nicht mehr viel zu spüren.

Aber auch Mike zitterte. Er kämpfte den Gedanken an sein Zuhause und an seine Mutter nieder. Sonst wären ihm ebenfalls die Tränen in die Augen gestiegen. Die Dunkelheit um ihn herum war so undurchdringlich, so schwarz – er konnte sich nicht daran erinnern, jemals eine solche Finsternis erlebt zu haben. Auch das Feuer reichte nicht aus, die Umgebung zu erhellen.

Mike versuchte, sich nicht umzudrehen. Er wollte die Augen der Tiere, die hinter seinem Rücken lauerten, nicht sehen. Und doch konnte er nicht anders.

Es waren vier. Vier Augenpaare. Acht Augen. Mal waren sie etwas weiter links, dann etwas weiter rechts. Die Wölfe schlichen hin und her. Sie umkreisten die Jungen und schienen auf irgendetwas zu warten.

»Ich habe noch eine Idee«, sagte Mike leise, als das Feuer, das die beiden Jungen wärmte und die Wölfe fernhalten sollte, allmählich kleiner und kleiner wurde.

Karol schnaubte. Was für eine Idee willst du Brillenträger schon haben?, sollte sein Schnauben vermutlich heißen.

Aber Mike ließ sich nicht einschüchtern. Nicht mehr. Jedenfalls nicht von Karol. »Weißt du, woher das Sprichwort ›durch die Lappen gehen‹ stammt?«, fragte er seinen Cousin.

Karol zuckte mit den Schultern. »Keine Ahnung«, sagte er. »Ich weiß nur, dass man das sagt, wenn man etwas, das man haben wollte, nicht gekriegt hat.«

»Genau«, antwortete Mike. »Früher hat man Wölfe gefangen, indem man sie mit einem Lappenzaun einkreiste. Die Männer hielten Lappen vor sich und kreisten den Wolf damit ein, weil sie wussten, dass diese Lappen für die Tiere wie eine undurchdringliche Mauer sind. Meistens hat das geklappt. Und wenn dann doch mal einer den Kreis durchbrach und abhaute, dann war er halt ›durch die Lappen gegangen‹.«

»Na toll«, sagte Karol. »Und was hat das mit uns zu tun?«

»Vielleicht kann man die Wölfe mit den Lappen auch dazu bringen, einen Kreis nicht zu betreten«, antwortete Mike mit leiser Stimme.

INFO
Seit Jahrhunderten macht man Jagd auf Wölfe. Sie wurden erschossen, vergiftet, ausgeräuchert oder mit Netzen gefangen. Man stellte ihnen Fallen, die die Tiere lebensbedrohlich verletzten, oder grub tiefe Gruben, in die sie stürzten. Weit verbreitet waren auch die sogenannten Luderplätze, zu denen man die Wölfe mit Fleisch lockte und wo dann Jäger auf sie warteten. Auf diese Weise wurde der Wolf in Europa nahezu völlig ausgerottet. Heute sind nur noch in einigen europäischen Ländern größere Wolfspopulationen zu finden. In Polen leben etwa 700 Wölfe. Dort steht der Wolf seit 2004 unter Artenschutz.

**Die Wölfe schleichen um die Jungen herum.
Was hat sich im rechten Bild verändert?
Suche die 11 Fehler.**

RÄTSEL ?

Ein Messer im Einsatz

Karol schien zu überlegen.

»Okay«, sagte er schließlich und erhob sich.

Doch kaum stand Karol, da kam auch Bewegung in die Wölfe. Alle vier Tiere sprangen auf und liefen nervös auf und ab.

Mike konnte sie leise knurren hören und hatte bei dem Geräusch kein einziges Haar mehr am Körper, das sich nicht vor Angst aufrichtete.

Er hatte schon viele Hunde knurren gehört. Aber noch nie war ihm dieses

Geräusch so bedrohlich vorgekommen. Sämtliche Werwolf-Phantasien wurden in ihm wach. Geschichten aus dem Mittelalter und von den alten Germanen.

»Warg« nannten die alten Germanen den Wolf. Und »Warg« oder »Warag« hieß auch der Räuber, der wie ein Wolf rastlos im Wald lebte. Niemand durfte diese Friedlosen beherbergen oder ihnen helfen, aber jedermann konnte sie ungestraft erschlagen. Ebenso wie einen Wolf.

Erwartungsvoll sahen die Wölfe jetzt zu den beiden Jungen hinüber. Bei ihrem Anblick fiel Mike wieder das frisch geschlachtete Huhn ein, das sie bei sich hatten.

Hofften die Wölfe, sie würden sie damit füttern?

Er hatte mal von Wölfen gehört, die sich an die Nähe zu Menschen gewöhnt hatten, weil sie von ihnen gefüttert worden waren. Vielleicht war es mit diesen hier genauso?

Mike beobachtete seinen Cousin, der mit zitternden Fingern in seiner Hosentasche nach dem Klappmesser suchte.

Er setzte sich, das Messer in der Hand, so schnell wieder hin, dass einer der Wölfe, von der plötzlichen Bewegung erschreckt, zurücksprang.

»Also gut«, sagte Karol und hielt die

dicke alte, nach Mottenkugeln stinkende Decke vor sich in die Höhe.

Er zögerte einen Augenblick, seinen Schutz vor der eisigen Kälte zu zerstören. Dann seufzte er und setzte das Messer an.

Die Decke war so spröde, dass man sie beinahe mit bloßen Händen zerreißen konnte.

Während Karol die Decken in Streifen schnitt, zog Mike seine Schnürsenkel aus den Stiefeln, die er trug. Er hatte kaum noch Gefühl in seinen halb erfrorenen Fingern und kam deswegen nur mühsam voran.

Als er es endlich geschafft hatte, griff er nach einigen dünnen, langen Ästen, die noch neben dem Feuer lagen, steckte sie in den Schnee und spannte die Schnürsenkel zwischen ihnen auf. Dann griff er nach dem ersten Fetzen von der Decke und hängte ihn sorgfältig über die Leine.

Karol beobachtete ihn aus den Augenwinkeln. Mike bemerkte, dass er anerkennend nickte. Auf diese Idee wäre sein Cousin offensichtlich nicht gekommen.

Doch schließlich machte Karol es ihm nach. Er entfernte ebenfalls die Schnürsenkel aus seinen derben Stiefeln und half Mike, die Reste der Decke um sie herum aufzuhängen.

Die Wölfe beobachteten sie und schienen nur auf eine Gelegenheit zu warten, um sie anzugreifen.

Mike dachte an die Babys, die sie angeblich aus ihren Betten gestohlen hatten. Und an all die anderen vielen Schauergeschichten, die er bereits über Wölfe gehört hatte. Zum Beispiel die Geschichte über die Bestie von Gévaudan, die im 18. Jahrhundert in Frankreich innerhalb von nur drei Jahren über hundert Menschen getötet und gefressen haben sollte.

Aber er dachte auch daran, dass die Indianer den Wolf als Herrscher auf dem Land verehrt hatten. Für sie war er eine gottähnliche Erscheinung, die zwar manchmal etwas unüberlegt, aber stets gütig und weise handelte.

Im Mittelalter hatte man Wölfe sogar vor Gericht gestellt, fiel Mike ein. Und obwohl der Urteilsspruch, nämlich Tod durch Erhängen, in jedem Fall von vornherein feststand, hatte man ihnen sogar einen Verteidiger zugestanden.

Ein lang gezogenes vierstimmiges Heulen riss Mike ruckartig aus seinen Gedanken.

War dies das Ende?

War er 21 Stunden mit dem Zug in die Einsamkeit gereist, nur um hier zu sterben? Weit weg von seiner Mutter und seinem Zuhause?

INFO
Der europäische Wolf hat ein graubraunes Fell. Er erreicht im ausgewachsenen Zustand eine Schulterhöhe von 60 bis 80 Zentimeter und wiegt zwischen 30 und 40 Kilo. Er hat also ungefähr die Größe und das Gewicht eines Deutschen Schäferhundes. Seine Augenfarbe wird oft als bernsteinfarben bezeichnet. Wölfe gelten als sensible, intelligente und scheue Tiere, die normalerweise eine Begegnung mit Menschen vermeiden. Im Mittelalter glaubte man noch, dass es Menschen gibt, die sich bei Vollmond in Werwölfe verwandeln.

Auf welchem Lappen stehen die Buchstaben, mit denen du das Wort »Wolf« zusammensetzen kannst?

RÄTSEL

Das Zeichen zur Jagd

Mike blickte starr auf die Wand aus Lappen. Jetzt musste er wenigstens den Anblick der im Dunkeln leuchtenden Wolfsaugen nicht mehr ertragen. Die Augen waren hinter den Lappen. Doch die Geräusche, die die Wölfe von sich gaben, konnte der Lappenzaun nicht abhalten. Er hörte eins der Tiere winseln.

Vielleicht wäre es besser, sie zu sehen, überlegte Mike. Wenn die Wölfe nun angriffen, würden er und Karol davon völlig überrascht. Andererseits hatten sie ohnehin keine Waffen, um sich gegen die vier Tiere zu wehren. Abgesehen von Karols Taschenmesser, das zwar alte Decken zerschnitt, aber wohl kaum scharf genug war, um damit einen Wolf zu töten. Also war es auch egal.

Von dem Feuer war außer einem Rest roter Glut nicht mehr viel übrig. Mike rieb sich die Hände. Die Kälte schmerzte. Er konnte seine Füße nicht mehr spüren. War es wirklich eine gute Idee gewesen, die Decken zu zerschneiden? Oder würden sie nun nur umso schneller erfrieren?

Karol starrte ebenso ins Leere wie er. Sie hatten einander nichts zu sagen. Nicht einmal jetzt, wo sie gemeinsam auf ihr Ende warteten.

Wenn das Feuer erst einmal ganz verloschen war, würden die Wölfe vermutlich angreifen, überlegte Mike. Vielleicht waren es Wolfsmischlinge, die die Scheu vor den Menschen verloren, aber die Aggressivität des Wolfs behalten hatten? So sollte es schließlich auch bei der Bestie von Gévaudan gewesen sein, auf die bis zu 20.000 Bauern und Soldaten gleichzeitig Jagd gemacht hatten. Der Menschenfresser, wie er genannt wurde, konnte angeblich rückwärts genauso schnell laufen wie vorwärts. Und wenn er sich fortbewegte, ließ er die Erde unter seinen Schritten erbeben.

Mike schüttelte den Kopf. Rückwärts genauso schnell wie vorwärts. So ein Quatsch. Er seufzte. Wie lange saßen sie jetzt schon hier? Drei Stunden? Vier? Er hatte jegliches Gefühl für die Zeit verloren.

Mike merkte, wie er allmählich schläfrig wurde. Die Kälte raubte ihm die letzte Kraft. Er blickte zu Karol hinüber. Sein Cousin hatte die Augen bereits geschlossen. Sein ganzer Körper zitterte vor Kälte. Oder vor Angst.

»Karol!« Mike rüttelte seinen Cousin an der Schulter und zischte leise seinen Namen. »Karol, du darfst nicht einschlafen!«

Karol öffnete mühsam die Augen. Aber er hatte nicht mehr genug Kraft, sie offen zu halten, und die Lider fielen wieder zu.

Mike sah über sich durch die kahlen Baumwipfel den Mond am Himmel stehen. Es war jetzt weniger dunkel als vorhin. War der Mond rund? Mike schaute genauer hin. Vielleicht war Vollmond und die Kreaturen, die hinter ihnen lauerten, waren gar keine echten Wölfe, sondern Werwölfe? Menschen, die sich

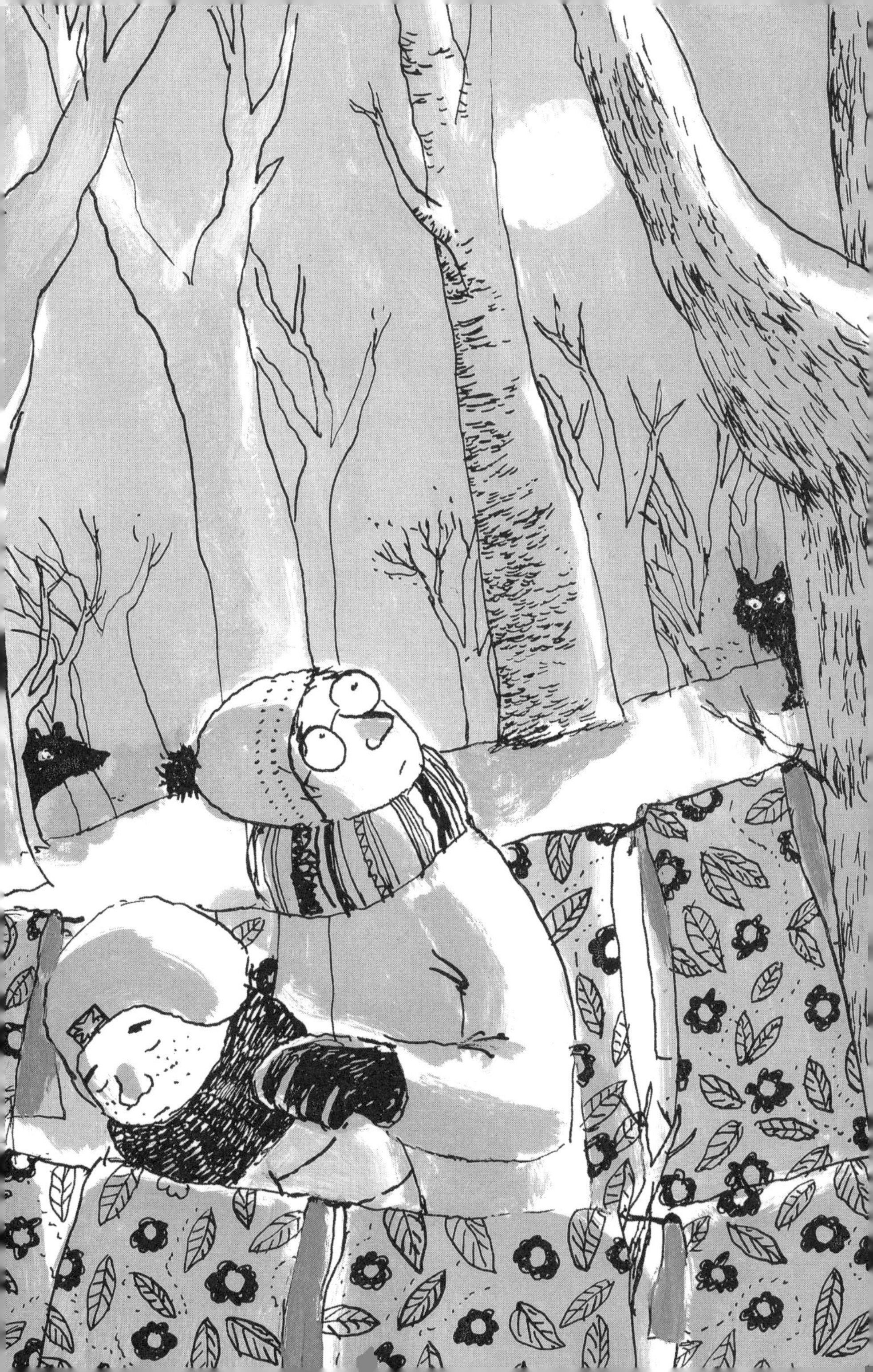

bei Vollmond in Wölfe verwandelten? Mike erschauderte. Vor allem Außenseiter wurden früher verdächtigt, sich in Werwölfe verwandeln zu können. Und ein Werwolf konnte nur durch eine Kugel aus Silber getötet werden. Auch das wusste Mike.

Als die Wölfe jetzt wieder anfingen zu heulen, riss Karol erschrocken die Augen auf.

Das Geräusch war so laut, dass es in den Ohren schmerzte.

War dies das Zeichen? War es das Startsignal zur bevorstehenden Jagd? Würden sich die Wölfe jetzt auf sie stürzen?

INFO
Mischlinge zwischen Haushunden und Wölfen gelten als gefährlich. Sie haben keine natürliche Scheu vor dem Menschen, werden oft sogar in menschlicher Obhut aufgezogen, weisen aber trotzdem das »wilde« Verhalten von Wölfen auf. Viele Übergriffe von vermeintlichen wilden Wölfen auf Menschen gehen auf das Konto dieser »Hybriden«.

RÄTSEL?

Schau dir die Ausschnitte genau an und suche sie im Bild. Schreibe die passenden Buchstaben nacheinander auf ein Blatt. Welches Lösungswort ergibt sich?

Ende eines Albtraums

Mit einem Zischen erlosch das letzte glühende Holzstück im nassen Schnee und eine einsame tänzelnde Rauchwolke bahnte sich ihren Weg in den sternenklaren Nachthimmel.

Mike bereitete sich auf das bevorstehende Ende vor.

Wie würde es sein, wenn die Wölfe sich auf sie stürzten? Was würden sie tun? Würden sie sie augenblicklich töten? Mike fing an zu zittern.

Die Wölfe liefen immer noch unruhig hin und her. Mike konnte sie nicht sehen, aber er hörte das Rascheln, wenn sie durchs Unterholz schlichen, und das leise Knacken, wenn einer von ihnen auf einen toten Ast trat.

Mit einem Mal winselte eins der vier Tiere.

In diesem Augenblick nahm auch Mike das näher kommende Geräusch wahr: ein leises Brummen, das lauter und lauter wurde.

Mike schluckte. Sein Herz klopfte bis zum Hals.

Welches Tier hatte ihre Fährte jetzt noch entdeckt?

Auch die Lebensgeister seines Cousins schienen mit einem Mal wieder zu erwachen.

Er hob den Kopf und lauschte in die Finsternis.

Plötzlich durchbrach ein Lichtkegel die Dunkelheit.

Das Brummen hatte sich mittlerweile zu einem gewaltigen Donnern ausgewachsen und in diesem Augenblick schoss ein Schneemobil geradewegs auf Mike und Karol zu.

Die Wölfe jaulten auf und verschwanden schnurstracks im Schutz der umstehenden Bäume.

Mike hörte, wie ihr Heulen immer leiser wurde, je weiter sie sich entfernten. Offenbar wussten sie, dass ihre Chance vertan war.

Für dieses Mal waren er und sein

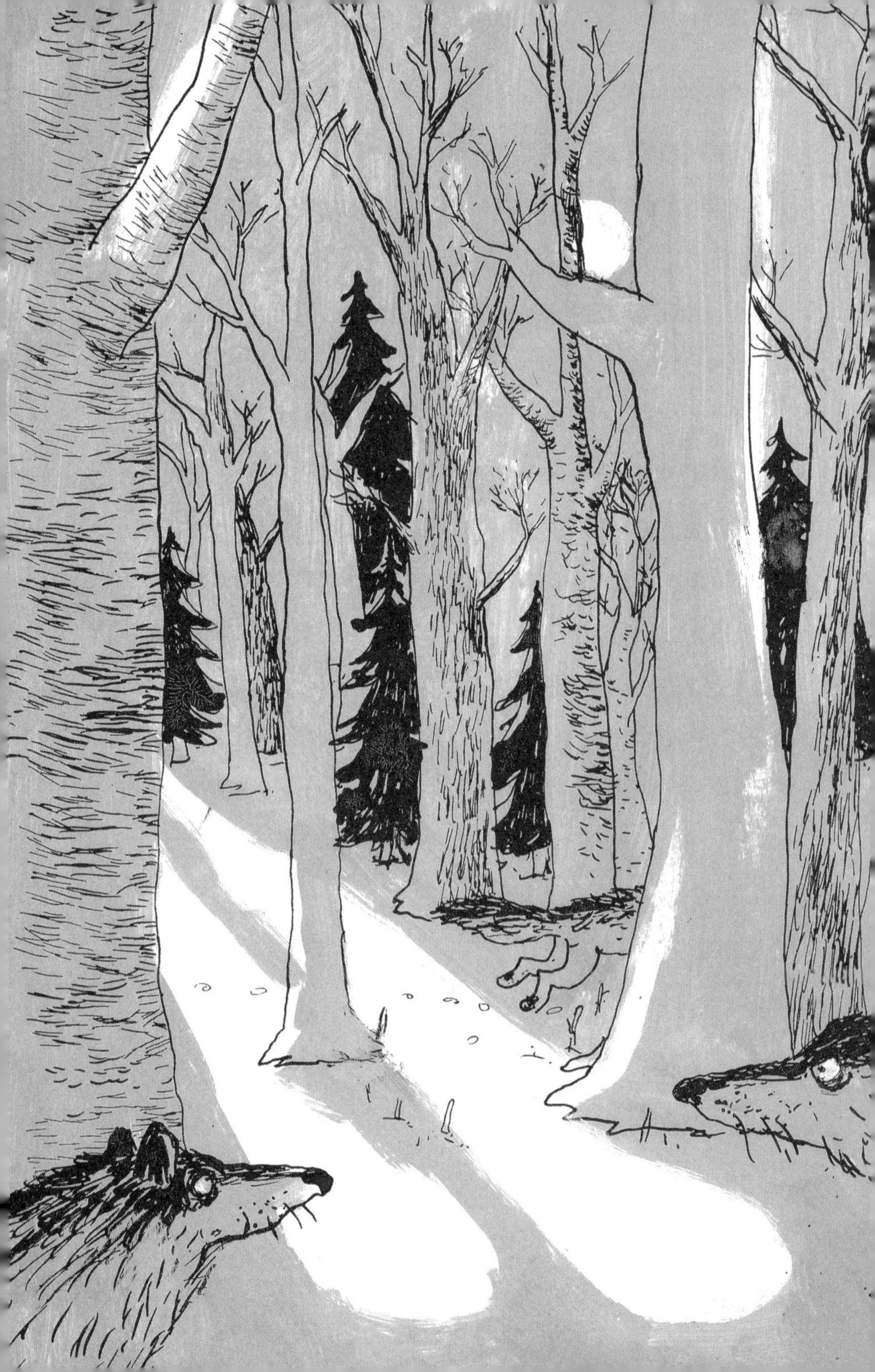

Cousin also noch einmal davongekommen.

Karols Vater würgte den Motor ab und sprang von seinem Skidoo. Er stürmte auf Karol zu, der sich mittlerweile ebenso wie Mike erhoben hatte, und zog seinen Sohn an sich. Er drückte ihn so fest, dass Karol trotz der Kälte das Blut ins Gesicht schoss, und schloss dabei die Augen, als kämpfe er gegen die Tränen an.

Mike sah die Angst im Gesicht seines Onkels, als der sich jetzt umschaute und die Situation mit wenigen Blicken zu erfassen schien.

Für Karol gab es nun kein Halten mehr.

Die Tränen schossen nur so aus seinen Augen. Er bemühte sich nicht einmal, sie wegzuwischen.

Mike stand mit hängenden Schultern ein wenig abseits. Er wäre jetzt auch gerne von jemandem in den Arm genommen worden. Schon lange hatte er sich nicht mehr so nach seiner Mutter gesehnt – auch wenn er das natürlich niemals zugeben würde.

Sein Onkel streckte die Hand nach

ihm aus. Langsam ging Mike auf ihn zu und ließ sich dankbar von seinem Onkel umarmen. Er verbarg sein Gesicht an seiner Brust.

Karol deutete um sich: auf die Reste des Feuers und den Lappenzaun, der ihnen Schutz geboten hatte.

»Das war Mikes Idee«, sagte er und in seiner Stimme schwang ein ganz neuer Ton mit. Es klang jedenfalls nicht nach »Schwächling« oder »mickriger Bücherwurm«.

Onkel Marek klopfte Mike auf die Schulter.

»Kluger Junge«, sagte er.

Mike sah zu Karol hinüber. Sein Cousin lächelte ihm zu. Und auch in Karols Gesicht sah Mike nun etwas, das neu für ihn war. Er brauchte eine Weile, um das richtige Wort für diesen Gesichtsausdruck zu finden, der ihm so wenig vertraut war, weil er ihn so selten sah. Dann fiel es ihm ein: Bewunderung.

INFO

Die Gefahr, von einem gesunden Wolf angegriffen zu werden, wird von Experten als äußerst gering eingeschätzt. In den letzten 50 Jahren starben weltweit acht Menschen durch den Angriff eines oder mehrerer Wölfe. Oft waren diese Wölfe zuvor von Menschen gefüttert worden und hatten dadurch ihre natürliche Scheu vor ihnen verloren.

**Kannst du die Rätselfragen beantworten?
Falls du eine Antwort nicht kennst, kannst du
in den Infoboxen nachlesen.**

1. Wie wird ein Schneemobil noch genannt?

2. Mehrere Wölfe leben in einem ..... zusammen.

3. Wie markieren Wölfe ihr Revier?

4. Wie schwer ist ein ausgewachsener Wolf?

5. Wie viele Wölfe leben noch in Polen?

RÄTSEL ?

Auflösungen:

S. 15: Lösungswort: Bigos.

S. 25: Es ist Schattenbild 5.

S. 33: Lösungswörter: Schneematsch, Schneesturm, Schneeball, Schneemann, Schneemobil, Schneeglöckchen, Schneepulver, Schneeflocke. »Tisch« und »Stuhl« passen nicht.

S. 39: Lösung: Ast, Rinde, Holz.
Falsche Wörter: Stift, Stuhl, Glas, Lineal, Gabel.

S. 47: Es sind 35 Wölfe.

S. 57: Weg B ist der richtige.

S. 65:

S. 74: Es ist Lappen 2.

S. 82: Lösungswort: Werwolf.

S. 91: 1: Skidoo. 2: Rudel. 3: Harnmarkierungen. 4: 30 bis 40 Kilo. 5: 700 Wölfe.

Danke möchte ich sagen Marzena Hülsemann für die »Hundeknochen«.

Frank, Astrid:
Allein unter Wölfen
ISBN 978 3 522 18200 3

Reihengestaltung: init.büro für gestaltung, Bielefeld
Einband- und Innenillustrationen: Katja Gehrmann
Rätsel (Konzeption): Anja Lohr
Schrift: ITC Stone Sans, Kosmik
Satz: KCS GmbH, Buchholz/Hamburg
Reproduktion: Medienfabrik, Stuttgart
Druck und Bindung: Friedrich Pustet, Regensburg
© 2010 by Thienemann Verlag
(Thienemann Verlag GmbH), Stuttgart/Wien
Printed in Germany. Alle Rechte vorbehalten.
5 4 3 2 1°   10 11 12 13

www.thienemann.de

CODEWORT RISIKO
Voller Abenteuer, voller Rätsel, voller Wissen

Frank M. Reifenberg
Florus und das mörderische Wagenrennen
96 Seiten · ISBN 978 3 522 18241 6

Die Spannung im Circus Maximus ist kaum auszuhalten. Wer gewinnt das große Rennen von Rom? Florus liegt knapp vorn. Plötzlich versetzt ihm ein gegnerischer Wagenlenker einen Hieb mit der Peitsche. Florus verliert das Gleichgewicht und der Gegner zieht an ihm vorbei. Florus kocht vor Wut, aber er gibt nicht auf. Das Wagenrennen wird zur größten Herausforderung seines Lebens ...

Caroline Lahusen/Jens Schröder
Kampf um Burg Felseneck
96 Seiten · ISBN 978 3 522 18242 3

Mathis hält den Atem an. Direkt neben seinem Kopf schlägt der Armbrustbolzen in den Baum! Daran hängt eine blutige Schriftrolle - ein Fehdebrief! Den Bewohnern von Burg Felseneck steht ein Krieg bevor. Oder findet Mathis eine Möglichkeit, die Fehde abzuwenden?

Fabian Schiller
Die goldene Stadt im Dschungel
96 Seiten · ISBN 978 3 522 18230 0

Voller Panik rennen Ron und Tom durch den Dschungel. Die Erde bebt. Plötzlich bricht der Boden unter ihnen ein und sie stürzen in die Tiefe. Wahnsinn! Sie sind in einem unterirdischen Tempel gelandet. Ron und Tom können es kaum fassen: Hier liegt der goldene Schatz der Maya verborgen! Doch auf einmal hören sie ein düsteres Lachen hinter sich ...

Caroline Lahusen/Jens Schröder
Bob und das Geheimnis der Goldgräber
96 Seiten · ISBN 978 3 522 18210 2

Langsam öffnet Bob die Tür des alten Schuppens. Es ist ganz still in der verlassenen Goldgräberstadt mitten in der Wüste. Sogar spuken soll es hier. Plötzlich fällt krachend die Tür ins Schloss. Bob sitzt in der Falle!

Mehr Abenteuer auf:
www.thienemann.de/CodewortRisiko

Zugang nur mit Code!

CODEWORT RISIKO — Mit Sachinformationen und Rätselspielen

Fabian Schiller
Im Bann der weißen Schlange
ISBN 978 3 522 18172 3

Frank M. Reifenberg
Verschollen im ewigen Eis
ISBN 978 3 522 18202 7

Caroline Lahusen/Jens Schröder
Bob und die Jagd auf den weißen Löwen · ISBN 978 3 522 18173 0

Michael Borlik
Das Erwachen des Feuerbergs
ISBN 978 3 522 18193 8

Frank M. Reifenberg
Wettlauf im ewigen Eis
ISBN 978 3 522 18151 8

David Fermer
Mit Vollgas durch die Wüste
ISBN 978 3 522 18158 7

Michael Borlik
Die Nacht der Vampire
ISBN 978 3 522 18136 5

Caroline Lahusen/Jens Schröder
Bob und die Rache des Pharao
ISBN 978 3 522 18135 8

Frank M. Reifenberg
Kampf im ewigen Eis
ISBN 978 3 522 18150 1

www.thienemann.de/CodewortRisiko

Zugang nur hier!

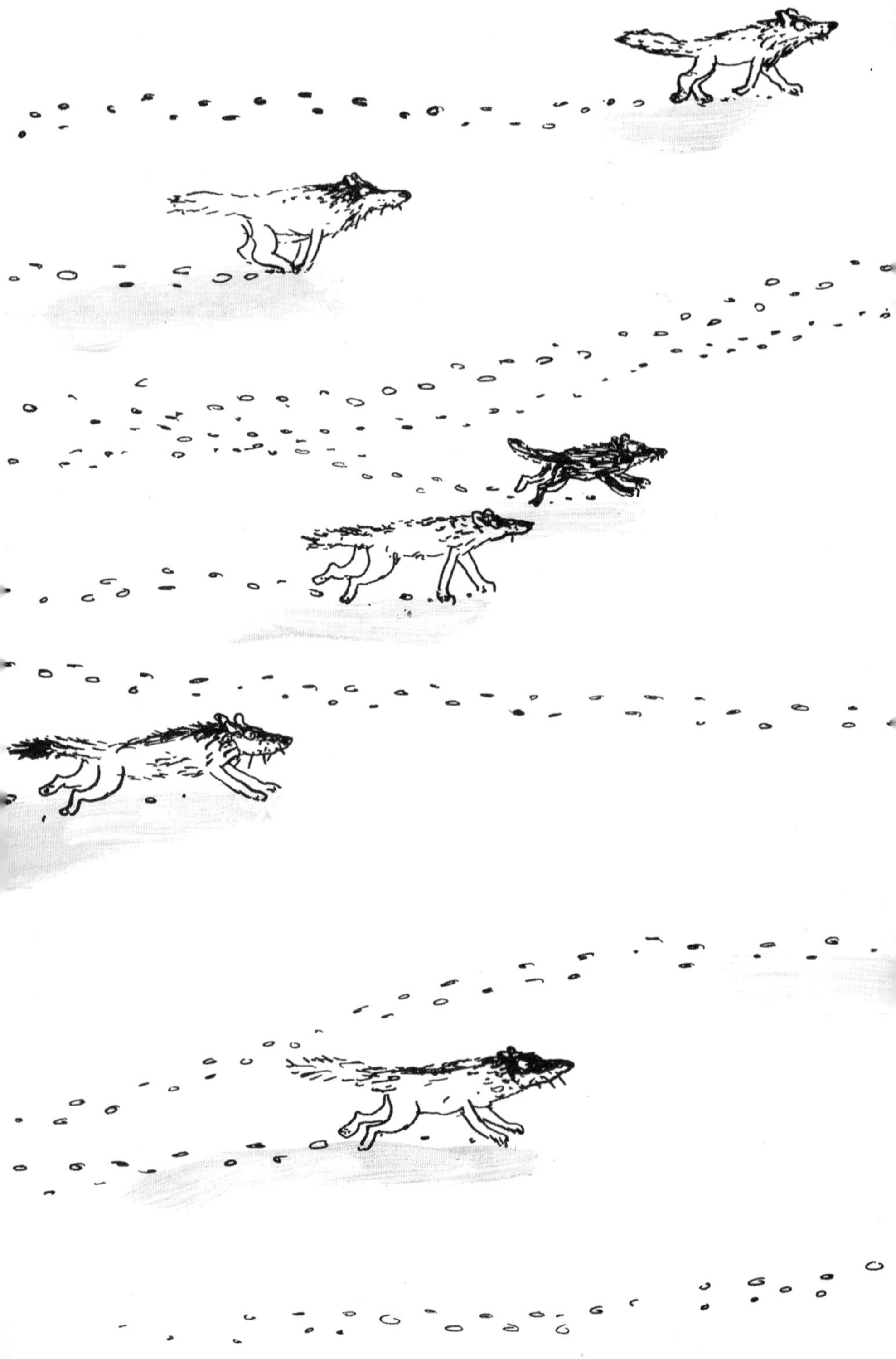